O. W. MILOSZ

LES ÉLÉMENTS

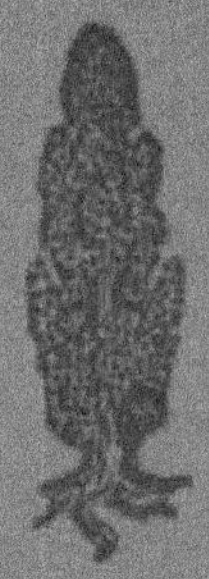

BIBLIOTHÈQUE DE L'OCCIDENT
17, rue Eblé
PARIS
M CM XI

LES ÉLÉMENTS

DU MÊME AUTEUR

Le Poème des Décadences. Librairie des Mathurins (épuisé).
Les Sept Solitudes. Poèmes. Librairie Henri Jouve.
L'Amoureuse Initiation. Roman. Bernard Grasset, éditeur.

Pour paraître prochainement :

Chefs-d'œuvre lyriques du Nord. Traduit de l'anglais, de l'allemand, du polonais et du russe par O. W. Milosz (Deux volumes).

En préparation :

Le Printemps de Scythie. Roman.
Don Juan. Poème dramatique.

O. W. MILOSZ

—

LES ÉLÉMENTS

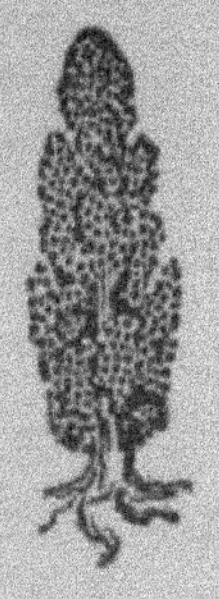

BIBLIOTHÈQUE DE *L'OCCIDENT*
17, rue Eblé
PARIS
M CM XI

Il a été tiré de cet ouvrage :

soixante exemplaires sur papier vergé d'Arches à la forme, numérotés à la presse, de 1 à 60, au prix de douze francs.

deux cents exemplaires sur vélin, numérotés à la presse, de 61 à 260 au prix de cinq francs.

N° 

LE ROCHER

LE ROCHER

Sur la montagne heureuse aux flancs puissants de mère
Qu'enveloppe d'amour et de sérénité
La robe de soleil de l'immortalité
Il est un beau rocher confiant, sans mystère,
Bête aimante assoupie aux pieds d'or de l'été.
Auréolé du vol des abeilles sauvages,
Dominant la vallée où rampent les chemins
Il vit loin des vieux jours, il vit loin des demains.
La muette amitié de ce sage des sages
M'enseigne le mépris des désespoirs humains.
A ses pieds je veux vivre avec ma solitude
Un rêve de tendresse et de fécondité ;
Rien n'égale en puissance, en douceur, en beauté
Le vieux sphinx sans sourire et sans inquiétude
Sculpté par l'amoureuse et chaste éternité.
Il n'a pas le souci d'aboyer à l'espace ;
Il n'est pas comme nous abandonné des dieux
Le beau dormeur de pierre au cœur silencieux ;

Il ne dit point : arrête ! au temps léger qui passe
Et ne suit point la nue éprise d'autres cieux.
Depuis les premiers temps, plein d'amour, il contemple
Aux profondeurs des lacs sillonnés de radeaux
Les mirages rêvés par les dormantes eaux.
— Un jour tu seras digne, ô Muse, de ce temple
Et je t'y conduirai par des chemins nouveaux.
Là nous révélerons aux pierres qui nous sommes
Et de quelle tendresse au secret de nos cœurs
Nous aimions le destin de ces candides sœurs
Alors que fustigés par le regard des hommes
Nous allions ployés sous le faix des rancœurs :
« Mon amour a dormi ; le voici qui s'éveille ;
En songe il a prêché dans la maison des sourds ;
Mais j'entends votre appel, ô choses, et j'accours ;
Ne me reprochez pas d'avoir prêté l'oreille
Aux prières, aux cris, aux frivoles discours.
Que n'ai-je fui plus tôt ce puits de pestilence,
Cette plaine ennemie où le regard humain
Empoisonnait la source où je plongeais la main !
Ce tombeau sans oubli, ce désert sans silence
Où je me consumais d'insomnie et de faim !
Que n'ai-je fui plus tôt pour vivre grande et pure
Loin de ce chacal fou qui dans l'antre empesté
Par les rouges festins de la férocité
Du fond de son gosier gavé de pourriture
Aboie à quelque dieu par lui-même inventé !

Voici mon cœur blessé, chères choses profondes,
Voici mon cœur ouvert, voici mon cœur sauvé ;
Les temps sont accomplis, le jour est arrivé
Qui me doit révéler les tendresses fécondes ;
Qu'il sera doux de vivre après avoir rêvé !
Je vais enfin m'asseoir à cette sainte table
Où je pourrai manger de ce pain ordonné
Nécessaire à ma vie et que j'ai moissonné.
La tête dans le vent et les pieds dans le sable
Je glorifierai l'heure où mon amour est né.
Le voile de mépris qui cachait mon visage
Avec la brise heureuse au loin s'est envolé
Et mon âme orageuse et mon cœur immolé
Se colorent d'amour comme un dernier nuage
Endormi sur le sein d'un beau ciel consolé.
L'universel Amour joyeusement ruisselle
En larmes sur ma joue, en soleil sur mes mains ;
Les vents venus du ciel vibrent de chants divins ;
Je ris à la nature et m'enivre avec elle ;
Les fleurs au cœur profond brûlent dans les ravins.
Mes moments bourdonnants vont en dansantes troupes
Butiner aux jardins voluptueux du ciel ;
L'instant meurt et revit dans mon jour éternel
Et ma lèvre à ma lèvre a le goût de ces coupes
Où l'aromate amer sommeille dans le miel.
Les épines des bois, les cailloux de la sente,
Les arbrisseaux armés ont dévêtu mon corps ;

Je me donne au soleil sans honte et sans remords
Mais mon cœur solitaire est la pierre innocente
Où repose à jamais la chasteté des morts.
Que m'importe le temps de mes métamorphoses?
Je me sens immortelle et j'ai su réunir
Dans le Présent sans fin le Passé, l'Avenir.
Ce que j'aime aujourd'hui dans ce monde des choses
C'est la vie elle-même et non le souvenir. »
Ainsi tu parleras, ô Muse, épouse sainte
Avec la voix du vent et du ruisseau caché ;
Et les chasseurs cruels n'oseront approcher ;
Ainsi, Muse d'amour, sans colère et sans crainte
Tu chanteras la vie à l'ombre du Rocher!

—

LA NUIT

LA NUIT

Le jour a dispersé sa morne mascarade
Comme un frileux feuillage aux mourantes couleurs ;
Le silence étoilé sur le monde malade
Penche sa face en pleurs.

Pâle comme la nuit et comme elle profonde
Ma lassitude veille et se consume en vain,
Ma lassitude veille et tout le poids du monde
Repose sur son sein.

J'entends le pas secret de la Mélancolie
La sœur au long regard, le redoutable amour ;
Elle vient reprocher à ma stérile vie
D'avoir tué le jour.

« Chanteur, qu'as-tu chanté depuis l'aube, dit-elle ;
Tu songeais dans ta tombe alors que tout vivait.
Fils des preux, qu'as-tu fait de ta fierté rebelle ? »
— Hélas ! qu'en ai-je fait ?

J'ai torturé mon cœur sans accomplir ma tâche ;
Traître et bourreau, je meurs d'un serment oublié ;
Seul le suicide obscur, héroïsme du lâche,
Saurait m'en délier.

Le style aigu repose à côté de l'épée ;
Où donc est le poème, où donc est l'action ?
Et quel est donc le but de cette âme frappée
De malédiction ?

Feindra-t-elle à nouveau de désirer un trône
Pour y noyer l'ennui dans le vin de l'orgueil
Elle qui bénirait comme une douce aumône
Le plus pauvre cercueil ?

Je la savais profonde et j'y voulus descendre ;
J'ai gardé de l'abîme un souvenir amer
Car ce n'est point le feu mais seulement la cendre
Qu'on trouve en cet enfer.

Et les processions de souvenirs funèbres
S'y traînent tout le jour accablés de remords
Comme doivent ramper sous leur faix de ténèbres
Les légions des morts.

Vers l'éther lumineux en vain tu me conseilles
Cruelle Illusion, de reprendre l'essor
O fenêtre éblouie où mes noires abeilles
Ont brisé leur front d'or !

Aux essaims du désir je dirai : « C'est un piège ;
Il faut nous méfier de ce pâle soleil ;
La ruche de mon cœur est couverte de neige ;
Rien ne vaut le sommeil. »

Que je sois comme l'eau qui rêve sous la glace !
Car du fond de mon âme au moindre mouvement
Le poison de l'espoir remonte à la surface
Et se mêle à mon sang.

Je vais et l'avenir m'accueille de menaces ;
Tout chemin est hostile à mes pas égarés ;
Je m'arrête : et j'entends aboyer sur mes traces
La meute des regrets.

Et si du précipice affreux de l'infortune
J'ose lever les yeux vers le ciel incertain
Je me compare aux loups qui hurlent à la lune
Pour oublier leur faim.

L'amour ? — Hélas ! le puits de la Mélancolie
N'éteindrait pas la soif que me donna l'amour.
Je m'enivrai dès l'aube et j'avais bu la lie
Avant la fin du jour...

— O mon cœur solitaire ! O coupe d'amertume !
Dans ton battement creux j'entends comme le pas
D'un être aimé jadis qui marche dans la brume
Et que l'on n'attend pas !

O vieux bouquet jeté sur la fosse commune
Des pauvres souvenirs, combien tu m'es amer!
Tu m'es plus étranger que le froid de la lune
Sur le froid de la mer.

O bûcher de bois mort amassé sur la glace,
O flamme d'un instant, cœur avide d'oubli,
Est-ce là ton destin ? L'heure fuit, le jour passe
Et rien n'est accompli!

L'amour le plus profond, le projet le plus sage
T'ont fait battre, ô mon cœur, plus impatiemment
Que les ailes de feu des oiseaux de passage
Emportés par le vent.

Affreux, affreux destin! Je n'en sais point de pire:
Plaisir impatient, éphémère douleur!
Dans une seule larme et dans un seul sourire
J'ai dépensé mon cœur.

Et voici qu'après tant, tant de jours! plein de charmes
Un pauvre et tendre écho s'éveille dans mon sein
Qui ne se laisse point étouffer dans les larmes
Ni noyer dans le vin;

Une chanson d'enfant, une chanson de vieille
Qui fait pleurer mon cœur et gémir ma raison,
Bruit vain que l'on entend alors que tout sommeille
Dans la triste maison;

Mon âme, un chant de fée, au loin, pour que tu meures ;
Un son d'étranges pas sur les fleurs des étangs
Qui vient m'entretenir, durant les longues heures,
Des choses du vieux temps,

Qui vient me reprocher ma tristesse et l'absence
De ceux qui m'ont jadis ouvert leurs pauvres cœurs...
— Voici que sur le monde assoupi le silence
Penche sa face en pleurs.

Le jour a dispersé ses bouffons ; tout repose.
Mais le sommeil est court comme un rêve d'amant.
La tombe, ô mon amour, est bien la seule chose
Qu'on aime longuement...

LE VENT

LE VENT

Je suis le vent joyeux, le rapide fantôme
Au visage de sable, au manteau de soleil.
Quelquefois je m'ennuie en mon lointain royaume;
Alors je vais frôler du bout de mon orteil
Le maussade océan plongé dans le sommeil.
Le vieillard aussitôt se réveille et s'étire
Et maudit sourdement le moqueur éternel
L'insoucieux passant qui lui souffle son rire
Dans ses yeux obscurcis par les larmes de sel.
A me voir si pressé, l'on me croirait mortel:
Je déchaîne les flots et je plonge ma tête
Chaude encor de soleil dans le sombre élément
Et j'enlace en riant ma fille la tempête;
Puis je fuis. L'eau soupire avec étonnement:
— C'était un rêve, hélas! — Non, c'était moi, le Vent!
Ici le golfe invite et cependant je passe;
Là-bas la grotte implore et je fuis son repos;
Mais, poète! comment ne pas aimer l'espace,

L'inlassable fuyard qu'on ne voit que de dos
Et qui fait écumer nos sauvages chevaux !
Il n'est rien ici-bas qui vaille qu'on s'arrête
Et c'est pourquoi je suis le vent dans les déserts
Et le vent dans ton cœur et le vent dans ta tête ;
Sens-tu comme je cours dans le bruit de tes vers
Emportant tes désirs et tes regrets amers ?
Les amours, les devoirs, les lois, les habitudes
Sont autant de geôliers ! Avec moi viens errer
A travers les Saanas des chastes solitudes !
Viens, suis-moi sur la mer, car je te veux montrer
Des ciels si beaux, si beaux qu'ils te feront pleurer
Et des morts apaisés sur la mer caressante
Et des îles d'amour dont le rivage pur
Est comme le sommeil d'un corps d'adolescente
Et des filles qui sont comme le maïs mûr
Et de mystiques tours qui chantent dans l'azur.
Tu n'interrompras point cette course farouche ;
Tu fuiras avec moi sans t'arrêter jamais ;
La vie est une fleur qui meurt dès qu'on la touche
Et ceux-là seuls, hélas, sont les vrais bien-aimés
Qui se fanent trop tôt sous nos regards charmés.
Ici j'éteins le ciel, plus loin je le rallume ;
Quand ce monde d'une heure a perdu son attrait
Je souffle : le réel s'envole avec la brume
Et voici qu'à tes yeux éblouis apparaît
L'arc-en-ciel frais éclos sur la jeune forêt !

— Un jour tu me crieras : « Je suis las de ce monde
Qui meurt et qui renaît ; je voudrais sur le sein
De quelque noble vierge apaisante et féconde
Endormir pour longtemps le stérile chagrin
De ce cœur enivré de tempête et de vin ! »
Alors je soufflerai, rieur, sur ton visage
Du pur soleil d'automne et sur l'esquif errant
Le frisson vaporeux des pourpres du naufrage ;
Et l'aube te verra dormir profondément
Sur le sein de la mer illuminé de vent !

—

LE LAC

LE LAC

Quand mon cœur s'assombrit, quand l'orgueil m'abandonne,
Quand je voile ma face aux visages rieurs,
Je pense à toi, Léman, pur miroir où l'automne
Rajeunit son mirage en le baignant de pleurs.
Léman, ami de ceux que l'espoir abandonne.

Si dolent et si pur, si sévère et si tendre !
Que ne nous sommes-nous, Léman, connus plus tôt !
Nous étions si bien faits, tous deux, pour nous entendre,
L'un le frisson du cœur et l'autre le sanglot !
Beau lac dolent et pur, ami sévère et tendre !

Quand je vis luire au loin ta face fraternelle
Je m'écriai : voici le plus beau, le meilleur !
Ici doit commencer une époque nouvelle !
Car je portais l'amour tout entier dans mon cœur
Quand m'apparut au loin ta face fraternelle.

Un amour fier et triste avait fait son nid d'aigle
Dans mon cœur sombre et nu comme un creux de rocher ;
Mais il ne connaissait ni mesure ni règle
Et j'eus souvent, depuis, à me le reprocher
Cet amour triste et beau tel le regard de l'aigle.

L'Amour s'obstine en vain à racheter la terre ;
Son royaume est ailleurs ; il n'a jamais régné
Sur cet amas de boue hostile et solitaire.
Ainsi, le désespoir au cœur, je m'éloignai,
Sentant bien que l'Amour n'est point de cette terre.

Mais j'avais emporté dans un pli de mon âme
Le mystique parfum qui m'avait enivré ;
Cet encens mélangé d'épices et de flamme
Crépitait doucement : partout je te suivrai
Brûlant d'un feu perfide au secret de ton âme.

Et c'est alors, Léman, qu'obéissant peut-être
A l'ordre d'un plus pur et plus puissant que toi
D'un linceul tu couvris tes eaux pour m'apparaître
Presque aussi désolé, presque aussi mort que moi !
Qui sait ? Un doux esprit te l'avait dit peut-être.

Tu n'enflas point ta voix comme la mer immense ;
Tu levas vers mon cœur ton long regard voilé.
Ce suprême pouvoir du rêve et du silence,
Par quel affreux malheur te fut-il révélé,
O toi qui m'es plus doux que l'océan immense ?

Et je devins l'ami de ton chaste rivage,
Le confident discret de ses arbres pleureurs :
Et mon chant imita, Léman au doux visage,
Le vol mélodieux de tes oiseaux pêcheurs.
Béni soit le Léman et son chaste rivage !

L'éternelle beauté sur toute autre l'emporte !
Et je dis dans mon cœur aux regrets sanglotants :
Quand nous l'avons connue elle était déjà morte ;
L'Amour n'est point le fils de l'espace et du temps !
L'éternelle beauté sur toute autre l'emporte !

Mes vers, sans réveiller les échos de ce monde
Mourront en même temps que le bruit de mes pas ;
Mais toi, Léman, qui sais de quelle âme profonde
Ce poème a jailli, toi tu n'oublieras pas
Le chant et le chanteur disparus de ce monde.

—

LE SOLEIL

LE SOLEIL

Je ne suis point venu t'adorer à genoux
Fils du sévère Amour, dispensateur de force ;
Comme un chêne chargé de fruits amers et roux
Tend ses bras dont la sève a distordu l'écorce
Vers ton trône ébloui j'élèverai ces mains
Où s'agite un bruissant et lumineux feuillage.
Car je ne t'aime point de l'amour des humains
Mais avec la ferveur d'une forêt sauvage.
Debout sur les hauts monts je suivrai jusqu'au soir
De mon regard pieux ta course heureuse et lente
Te laissant exercer ton fraternel pouvoir
Sur ma chair d'animal et mon âme de plante.
Je bannirai du cœur les soucis ténébreux
Qui viennent en rampant déranger l'harmonie
Et je me sentirai calme comme ces cieux
Dont j'aime le silence et la monotonie.
D'un chaud manteau d'amour tu couvriras mon corps
Et ta flamme et mon sang qu'un seul principe anime

Se fondront l'un dans l'autre ainsi que les accords
D'une large harmonie éternelle et sublime.
Tu sauras de ma vie éclose à ta clarté
Chasser les vils désirs, les ambitions vides
Et je reposerai dans ta sérénité
Ainsi qu'un champ de blé constellé d'adonides.
Trop longtemps sous tes yeux j'ai vécu plein d'ennui
Tel l'aveugle à l'abri de ses paupières closes.
Car la réalité n'apparaît qu'à celui
Dont le regard d'amour embellit toutes choses.
Au sein d'une oasis de terre grasse et d'eau
Mon art fut trop longtemps comme un palmier sans sève
Et je portais mon cœur, inutile fardeau,
A l'abîme nocturne où tout destin s'achève.
Méfiant, fou d'orgueil, je cherchais réconfort
Dans ce dernier espoir qui lentement navigue
Et nous montre en riant ces havres de la mort
Où le muet sommeil accueille la fatigue.
Pour vivre avec la plante et la bête et l'enfant
Mon âme hier encor n'était point assez pure :
Elle imite aujourd'hui la voile offerte au vent
Et s'abandonne enfin à la sainte Nature !
Et mon espoir renaît, et mes sens rajeunis
Sont des enfants ravis par l'approche des fêtes
Et mes désirs vers toi, comme les doux épis
Après l'orage lourd, lèvent leurs faibles têtes.
Inextinguible cœur d'un univers d'amour

Qui remplis de clarté les yeux de mille mondes
Je te glorifierai jusqu'au déclin du jour
Avec la voix des eaux et des forêts profondes ;
Et tout ce que le cœur renferme de mauvais,
Les désirs monstrueux, les rancunes sauvages,
Tous ces spectres fuiront comme ce voile épais
Qui s'élève le soir du sein des marécages.
Mon rêve pas à pas te suivra sur la mer
Jusqu'au cœur chatoyant de ces moelleuses îles
Que ne revêt jamais la pâleur de l'hiver,
Paradis des fruits doux et des hommes tranquilles ;
Et quand la chaste nuit couvrira ta beauté
Et quand le cher silence emplira la vallée
Mon amour soupirant et la lune d'été
Seront deux souvenirs de ta gloire voilée.

—

LE SILENCE

LE SILENCE

Tu dors pendant le jour dans la grotte profonde
Qu'Arachné sait défendre aux essaims du soleil.
D'étranges souvenirs visitent ton sommeil :
Tu portes dans ton cœur tout le passé du monde.
Mais quand le crépuscule élargit l'horizon
Je te vois doucement te lever de ta couche
Et glisser, l'œil obscur et le doigt sur la bouche,
Vers le seuil velouté de ta sombre maison.
Là, caressant songeur la pâleur reposée
Tu cherches à surprendre un dernier mouvement ;
Mais la terre sommeille ; et tu vois seulement
La lune somnambule errer sur la rosée.
Certes, je veille aussi ; mais je me suis caché
Sous le saule pleureur et dans l'herbe assoupie ;
Tu ne te doutes point que mon regard t'épie
Et qu'à tes pas secrets je me suis attaché.
Tu quittes ton abri. Malgré ma somnolence
Je te suivrai ce soir aux lieux qui te sont chers,

Dans l'humide forêt, vers la source aux yeux clairs
Et parmi les tombeaux ; car je t'aime, ô Silence.
Je connais des maisons pleines de douces voix ;
Mais l'accent le plus tendre aujourd'hui m'importune ;
Le songe somptueux et dolent de la lune
Me conduit par la main vers la paix des grands bois.
Pourtant je ne hais point les pauvres voix humaines ;
A l'appel déchirant de l'amour, de la peur,
Un triste écho répond dans la nuit de mon cœur
Et j'aime à m'enivrer de ses notes lointaines.
Non, doux Silence, non, je ne hais point les voix ;
Elles ne troublent point ma solitude amère ;
Ce que je porte en moi de mortel, d'éphémère,
Aime à se rapprocher des hommes quelquefois.
J'en connais qui sont grands ; j'en connais qui sont sages,
Qui vénèrent l'Amour et me l'ont enseigné ;
Mais je crains cette angoisse et cet air résigné
Qui rampent lâchement sur les plus beaux visages.
Pourquoi donc ce souci, cet avilissement ?
L'homme est le maître unique et la nature l'aime ;
Il est indépendant ; il s'est créé soi-même ;
Qu'il secoue à la fin le joug de son tourment !
Et toi, Silence ami, qui ce soir sur le monde
Répands le baume d'or de ta tranquillité
Endors-toi doucement dans son cœur agité
Ainsi qu'un jeune roi dans la pourpre profonde.
Pose ta froide main sur son sein déchiré

Par l'amère pitié, la trompeuse espérance ;
Laisse couler sur lui ta lumière qui pense,
Ton chaste clair de lune étrange, enamouré.
Sois doux à ce dormeur ! Et la tâche accomplie
Viens me rejoindre au loin sur les monts vaporeux :
Nous nous prendrons les mains et sous les cieux heureux
Nous nous regarderons avec mélancolie.

—

LA MER

LA MER

Salut, belle Thétis, mère des destinées !
Ce n'est point pour me plaindre ou pour pleurer mes morts
Que le front ceint de fleurs je reviens sur tes bords ;
Je n'ai plus rien à dire aux rapides années
Qui m'ont fui dans les vents toutes voiles dehors.
Comme tes profondeurs mes regards sont tranquilles :
Ils se sont délivrés du stérile souci
De scruter longuement l'horizon obscurci
Afin d'y découvrir ces merveilleuses îles
Où la joie et l'amour sont mortels comme ici.
Je ne sais plus aimer ce qui décline et passe
Et semble après dix ans n'avoir jamais été ;
Mon cœur insatiable a faim d'éternité ;
Accueille-moi d'un rire, éloigne de ta face
Ce voile de brouillard jaloux de ta clarté.
Comment pouvais-je aimer le Beau sans le comprendre
Et comment ai-je osé me dire ton amant
O Mer, ô radieuse ! alors que tristement

Dans l'urne de mon cœur j'accumulais la cendre
Des chétives amours qui brûlent un moment !
La vie en nous quittant nous apprend qui nous sommes :
Il se fait tard, Thétis, dans le ciel de mon jour ;
J'ai perdu ma jeunesse ; elle a fui sans retour ;
Je suis trop grand aussi pour les filles des hommes ;
Elles ne peuvent pas comprendre mon amour.
Mon amour est si grand que nulle créature
N'oserait l'approcher, ne saurait le nourrir ;
Il lui faut tout l'espoir et tout le souvenir,
Tout ce qui pleure et rit, la profonde Nature,
La mère au large sein qui ne sait pas mourir.
Heureux qui s'abandonne à la tendresse humaine
Et qui reçoit du monde autant qu'il a donné !
J'ai semé le grain d'or et n'ai rien moissonné ;
Mais je porte en mon âme indulgente et hautaine
La consolation d'avoir tout pardonné.
C'est pourquoi j'ose aimer la plus belle de toutes,
Celle qui sous le joug d'un labeur incessant
Porta toute la vie en son sein frémissant,
A l'homme aventureux ouvrit ses larges routes ;
Et je me sens uni par les liens du sang
A la vierge éternelle, à la haute déesse ;
Je suis plus que l'amant, je suis plus que l'ami ;
Car je me ressouviens d'avoir jadis, parmi
Les conques au doux chant, sous l'algue qui caresse
Et dans le flot berceur profondément dormi ;

Et je ne reviens pas sur le noble rivage
Pour outrager l'amour d'un désir insensé ;
Car je veux seulement que le flux cadencé
M'emporte quelque jour, amoureux et sauvage,
Et que l'âme finisse où l'âme a commencé.
Et je demande aussi que soit pure de brume
Des horizons d'été la sainte profondeur
Et qu'au large des mers quelque oiseau migrateur
S'attachant aux longs plis de mon linceul d'écume
Puisse se rassasier de l'amour de mon cœur.

—

LA LUNE

LA LUNE

Comme une pâle main se pose avec amour
Sur un beau front en proie à l'amère pensée
Permets que je caresse, ô ma sœur délaissée
Ton visage attristé par la fuite du jour.
Tu l'entoures en vain d'un voile de vapeur :
Ma sage nostalgie a deviné ta peine
Car l'amour qui m'anime en ma sphère lointaine
Est frère de celui qui gémit dans ton cœur.
La même passion et la même tourmente
Brûlent d'un feu pareil dans les astres divers ;
La véritable vie est l'éternelle attente
De l'Amant inconnu qui régit l'univers.
Ce n'est point le soleil disparu que tu pleures :
Il brûle seulement d'un éclat emprunté ;
Tu soupires, ma sœur, vers les hautes demeures
De celui-là qui luit de sa propre clarté.
Comme toutes nos sœurs dans la nuit dispersées
Nous cherchons le sentier qui nous saurait enfin

Conduire à ce suprême objet de nos pensées ;
Car nous devons un jour nous fondre dans le sein
De Celui qui saura des songes que nous fûmes
Refaire d'un seul mot une réalité
Et de nos corps longtemps dispersés dans les brumes
Rétablir à jamais la mystique unité.
Qu'il meure, ce soleil ! Que sa gloire pâlisse !
Ce n'est point lui que nous aimons, que nous servons,
Toi, terre des douleurs, et moi, consolatrice
Au visage incliné vers tes pensifs vallons.
L'ombre est fidèle au corps et le son à la cloche ;
Soumise aux mêmes lois, je te suis dans les cieux ;
Comme je te comprends ! Que tu me sembles proche
O Terre des soupirs, ô Terre des adieux !
Si, baigné dans tes eaux, le reflet de ma face
Plaît aux yeux des songeurs et des initiés
Quel chant d'amour s'élève au profond de l'espace
Lorsque tu m'apparais au-dessus des glaciers !
— Ne lève point vers moi ton beau regard d'eau tendre,
Car en m'apercevant si pâle de sommeil
Tu t'imaginerais ne voir là que la cendre
De ce qui fut tantôt la flamme du soleil ;
L'inquiète pâleur de ma prime lumière
Te viendrait d'aussi loin que la faible chanson
Qu'on écoute à travers une porte de verre
Et qui ne passe pas le seuil de la maison.
L'instant n'est point venu. Sur tes blanches rivières

Et sur tes lacs aimants, berceaux des nymphéas
Laisse encore dormir tes brumeuses paupières ;
Ferme tes chastes fleurs ; car je ne voudrais pas
De tous ces yeux d'amour avant l'heure être vue ;
Non, je veux t'apparaître à l'horizon de Juin
Dans le rayonnement d'une gloire inconnue
Aux miroirs de tes mers comme au regard humain !

—

LA TERRE

LA TERRE

Je t'aime d'un amour si joyeux et si tendre
O toi qui me créas pour exalter le Beau
Que lorsqu'il sera temps d'éteindre le flambeau
Et de choisir la place où doit dormir la cendre
Je dirai seulement : la Terre est mon tombeau.
J'ai laissé de mon cœur dans toutes ses contrées ;
Ici j'aimais les jours, là-bas j'aimais les nuits ;
Et dans mon souvenir, comme au secret d'un puits,
Les faces aux beaux yeux autrefois rencontrées
Se mirent longuement pour tromper mes ennuis.
Des paysages purs rêvent dans ma mémoire
Comme un mirage étrange au sein des brumes d'or ;
Penchez-vous vers mon cœur : vous entendrez encor
Dans ce monde lointain une rumeur de foire
Des bruits de va-et-vient et des sanglots de cor.
Ce cœur tantôt bruyant et tantôt solitaire
Fut comme une cité fière de son jardin ;
Non, amis, approchez ; donnez-moi votre main ;
Et surtout dites-moi : « Toute la douce terre

Sûrement tu l'auras pour sépulcre demain.
Elle n'a point d'amant qui te soit comparable ;
C'est toi qui nous appris la douceur de l'aimer ;
Tu fus d'abord la graine ; elle te fit germer
Et tu devins un lis. Sur ta fleur lamentable
Avec quelle douceur elle se va fermer ! »
— Certes, certes, amis, bien avant ma venue
D'autres s'étaient nourris de la même ferveur ;
Mais il n'est point d'esprit, mais il n'est point de cœur
Qui sache mieux que moi chérir la mer, la nue,
L'orage, le soleil, la joie et la douleur.
Si j'élevais un temple à mon idolâtrie
Afin d'y réunir tout ce qui me fut cher
Son ombre couvrirait et la terre et la mer.
Je n'ai point de maison ; je n'ai point de patrie ;
L'univers seul a su combler mon cœur amer.
J'aimais également toutes les créatures
Et jamais je n'ai su morceler mon amour ;
J'ai vécu solitaire au sommet de ma tour
Les yeux illuminés de visions futures.
Humble ami de la nuit et confident du jour
J'écoutais battre au cœur compatissant des choses
L'écho mystérieux de cet émoi divin
Qui me dévorait l'âme et déchirait le sein
Et quand je m'endormais, sous mes paupières closes
Le monde triste et beau ressuscitait soudain.

—

MOMENTS

LES FALAISES

Je vous aime et vous crains, ô rois des solitudes,
Rocs sombres et glacés qui veillez sur les mers ;
Car des pensers de mort en noires multitudes
S'abattent sur mon front comme ces aigles rudes
Qui bâtissent leurs nids sur vos sommets déserts.

Vous êtes fiers et beaux ainsi que des pensées.
Maîtres de la tempête et des tumultes vains
Vous dominez, songeurs, les vagues harassées
Et leurs cris déchirants de sirènes blessées
Ne troublent point la paix de vos muets destins.

Quoique faible et meurtri, changeant et périssable
J'ai supporté l'assaut des houles sans ployer.
La menaçante mer rampe à vos pieds de sable
Et vous êtes l'abri de l'oiseau lamentable
Qu'au-dessus de vos fronts les vents font tournoyer ;

Moi j'ai vaincu l'Espoir : à mes pieds il expire
Comme un flot lourd d'écume et de varech épais.
J'ai peuplé d'exilés mon solitaire empire ;
Et muet comme vous, comme vous je n'aspire
Qu'à l'obscure grandeur de l'immortelle paix.

Car j'ai traîné longtemps mon ombre sur la terre ;
Mon destin bien avant mon sang s'est arrêté.
Comme vous infécond, comme vous solitaire
Que je sois comme vous la vague sans colère
De l'océan sans bords de l'immobilité.

—

LE JUGEMENT

Quand je songe au beau corps où bat ton mauvais cœur
Je donne froidement au souvenir sévère
La forme sans amour d'une vierge de pierre
Étendue à jamais sur un tombeau de sœur.

Car j'ai depuis longtemps condamné ta beauté
Au médiocre destin d'une ombre passagère.
La terre à ton cercueil ne sera point légère :
Quand on blesse un poète on perd l'éternité.

Les maîtres de la vie ordonneront un jour
A la Muse au grand cœur de donner témoignage ;
Et la Muse dira sans changer de visage :
« Elle n'est point inscrite au livre de l'Amour. »

—

A L'AMOUR

C'est à travers mes pleurs que j'ai vu ton visage
Beau comme un son, trop beau pour survivre à l'instant,
Amour ! Il m'apparut pâle comme le vent
Qui chasse vers la mer les cygnes de passage.

Sois béni cependant de cette âme malade
O toi qui m'as quitté pour ne plus revenir !
Le monde n'est réel que dans le souvenir
De ceux qui t'ont connu, magicien nomade.

Et c'est surtout, surtout ton Regret qui m'est cher !
Car si tes yeux, Amour, sont beaux comme la mer
Ils ont aussi des eaux la sauvage amertume

Et quiconque interroge ou leur ciel ou leur brume
Tôt ou tard voit décroître à l'horizon d'hiver
La voile de l'espoir sur l'océan désert !

LE REMORDS

Si je rentre en moi-même et si je considère
Combien fut long mon jour et chétif mon effort
Un sombre désespoir plus muet que la mort
Visite le tombeau de mon cœur solitaire.

Tandis que de nos chants d'amour ou de colère
Un monde d'opprimés attendait réconfort
Muse, nous imitions l'avare qui s'endort
Auprès des froids métaux confiés à la terre.

Comment avons-nous pu sacrifier sans retour
Aux tristes vanités qui ne durent qu'un jour
Notre laurier plus beau qu'un sceptre héréditaire,

Et quel droit en ce monde avions-nous donc de taire
Les mots que nous soufflait la sagesse d'Amour
D'Amour le Dieu vivant et la clef du Mystère?

—

LA BRUME

Est-ce du fleuve, ô brume, est-ce vraiment du fleuve
Que tu nous viens, ô faible sœur
Dont j'aime le doux pas d'orpheline ou de veuve ?
N'est-ce pas de mes yeux, n'est-ce pas de mon cœur?
Avec quelle lenteur étrange tu t'élèves
Brume du jour, brume du soir !
O dis-moi que tu viens du cœur las de ses rêves,
Des yeux rassasiés qui ne veulent plus voir !
Comment donc saurais-tu que la vie est un vide
Que l'on comble avec de l'erreur,
Avec un peu de songe ou de labeur aride
Si tu ne montais pas de l'abime du cœur ?
Quel silence elle fait ! La voici qui se couche
Sur les lointains du jour, du soir,
Comme le souffle pur de quelque tendre bouche
S'élargit sur des yeux sombrés dans un miroir.

La lampe luit là-bas, avant l'heure allumée
A l'auberge du doux Repos
Et les derniers appels perdus dans la fumée
Meurent sans réveiller leurs frères les échos.
Est-ce du fleuve, ô brume, est-ce vraiment du fleuve
Que tu nous viens, ô faible sœur
Dont j'aime le doux pas d'orpheline ou de veuve ?
Non ! Tu ressembles trop à l'ennui de mon cœur !

—

LA PATRIE

LA PATRIE

I

Tranquille et favorable aux travaux des saisons
De mes yeux où rêvait la paix des horizons
J'épandais la lumière ou versais le silence ;
Et mon cœur était plein de sainte vigilance
Car des enfants de l'homme à mes soins confiés
La ronde chaque jour se nouait à mes pieds
Suivant par les chemins mon ombre maternelle.
Mon bras était puissant ; j'étais féconde et belle.
— Un soir que je veillais sur mon peuple endormi
J'entendis dans mes blés le pas de l'Ennemi.

II

Le sang de mes enfants dans les sillons noyés
Courait comme une chaude pluie ; et je voyais

L'espérance et la mort fuir sur les blancs visages
Ainsi que sur les eaux les ombres des nuages.
Mère, amante, debout sur les derniers remparts,
Mes fils blessés vers moi rampant de toutes parts,
De clartés, de vapeurs, d'ombres enveloppée
Je brandissais en vain mon impuissante épée
Quand, dans un cri d'amour et de haine, soudain
Je sentis sur ma bouche une barbare main.

III

Alors dans le grand vent de la plaine assourdie
Le carnage, vautour aux ailes d'incendie
Épargnant lâchement la mère au cœur blessé
Vola s'abattre au loin sur le nid délaissé.
A la dure clarté des torches funéraires
Les enfants suppliants arrachés à leurs mères
Virent, sous les trépieds dressés pour le festin
Le sang épouvanté courir avec le vin
Et dans cette discorde en tous lieux allumée
Lutter sauvagement la flamme et la fumée

IV

Promenant mes regards sur les temples détruits
Je vécus bien des jours, je vécus bien des nuits.

La peste au noir visage apparut dans les villes ;
La famine souffla sur les plaines fertiles ;
Hennissant, écumeux, secouant frein et mors,
La crinière nouée aux ceintures des morts,
Éclaboussé de bave, enivré d'épouvante
Le fleuve charria dans sa vague vivante
Vers le champ de repos des océans sacrés
Les victimes du viol et leurs fils massacrés.

V

Depuis cent ans je veille au milieu des tombeaux.
Sur les autels secrets les funèbres flambeaux
Dansent au vent d'une hymne amoureuse et cruelle ;
Et leurs feux que ma main sans cesse renouvelle
Crépitent nuit et jour, éclatants ou fumeux.
Or je suis patiente et vivace comme eux :
Sous la cendre des ans, inflexible, je couve
Et mon courroux de mère et mon amour de louve
Et l'enfer de pitié dans mon sein abrité
Brûle de tout l'éclat de la rouge Dité !

—

LE TRAHI

LE TRAHI

Que la nuit est profonde au cœur du Solitaire !
Le désir à jamais semble en être banni ;
Nul ami n'en voudrait pénétrer le mystère ;
Et l'amour migrateur craint d'y faire son nid.

Pour le guérir du mal obscur qui le tourmente
L'esclave la plus belle ajouterait en vain
Du baume de Judée à l'attique népenthe ;
Le héros délaissé meurt de son mal divin.

De l'offense en son cœur la trace est éternelle
Comme le souvenir du meurtre dans l'acier.
S'il fuit vers les sommets, le goût des pleurs se mêle
Dans le creux de ses mains au sanglot du glacier.

Sa tristesse est tantôt l'horizon des savanes
Sourd aux cris désolants des aigles affamés
Tantôt la mer de sable hostile aux caravanes ;
Et l'astre du sommeil ne s'y lève jamais.

Une immuable horreur y régit la nature ;
On n'y distingue point l'automne de l'été ;
L'hyène y chercherait vainement sa pâture :
Il n'est plus de trépas pour ce cœur dévasté.

De l'océan il a la brûlante amertume
Et son courroux ressemble à ce galop marin
Qui d'une bouche emplie et de sable et d'écume
Ronge éternellement le granit de son frein.

Là nul ne se hasarde aux sombres promontoires ;
La tempête a soufflé sur la clarté des tours
Et l'attente elle-même à ces profondeurs noires
N'ose plus rappeler la date des retours.

Et telle est la terreur qui règne en ces parages
Du désenchantement et de l'inimitié
Qu'au seul aspect des cieux, des eaux et des rivages
Le dégoût s'y soulève au cœur de la pitié.

Que cependant ta lyre aux sept cordes sacrées
Déroule l'arc-en-ciel de ses sons dans les airs
Muse ! L'aube s'entr'ouvre aux mers enamourées
Et la vie affamée envahit les déserts.

Quand ton chant fait se fondre en un même délire
L'ivresse de la vie et l'amour du tombeau
En moi je sens monter la tendresse qu'inspire
La solitude à l'aigle ou la nuit au corbeau.

Trop souvent dans le cours d'une vie incertaine
J'ai goûté d'un amour qui n'était pas le tien ;
Mais le sein de granit de la tendresse humaine
N'a jamais su meurtrir un front olympien.

Sur mon visage en vain tu chercherais la trace
Des tempêtes qui l'ont autrefois ravagé.
Leur sombre souvenir flotte devant ma face
Comme au front de la lune un souci passager.

❦

L'inconstante sagesse attend le jeune sage
Et la foi vieillissante appelle un Dieu nouveau ;
Le vrai change de nom, de forme et de visage ;
L'éternité d'hier habite le tombeau.

Car la vie est semblable à l'amante infidèle
Qui d'un désir plus fort ayant flairé le vin
S'enfuit et ne s'arrête en sa course cruelle
Que pour cueillir un lis au tournant du chemin.

Toi seule tu n'es pas un songe de passage ;
Ton idéal vivant à l'antique est pareil
Et telle tu dormais au creux du sarcophage
Telle nous te voyons debout dans le soleil !

—

LE RETOUR

LE RETOUR

Toi dont l'amour a su dans le roc solitaire
Où mes jours ont dormi de tristesse accablés
Faire germer ainsi qu'en une noble terre
La tendresse des fleurs et la bonté des blés ;

Toi qui prêtant aux luths un son de voix humaine
Me fis aimer la race au visage trompeur
Et qui sur les jardins desséchés de ma haine
Fis pleuvoir la rosée ardente de ton cœur,

C'est d'un appel vibrant d'amère gratitude,
C'est d'un cri comme en fait monter la fin du jour
Qu'après tant de douleur et tant de solitude
Je salue en pleurant l'inespéré retour

De celle qui jadis dans la maison glacée
Où l'âme de l'enfant se mourait d'abandon
Me prit sur ses genoux de fille délaissée
Et souffla sur mes pleurs le soupir de son nom.

De celle qui suivant le progrès de mon âge
Sut m'être sous un nom entre tous respecté
Tout d'abord une mère au sublime visage
Puis l'amie au grand cœur plein de nuit et d'été.

En prononçant ce nom je songe à mon enfance.
Tous ont maudit l'azur sous lequel j'étais né ;
Tu couvris de ton ombre et berças en silence
Le cœur muet encor de ton prédestiné.

Et puis je te suivis le long des mornes plages
Vers les gouffres de boue et de sang des cités ;
Mes passions avaient le goût des fruits sauvages
Mes larmes faisaient peur aux hommes irrités.

Mais quand je m'enfonçais dans la terre mouvante
De la beauté menteuse et de l'abjection
Toujours tu te dressais et pleine d'épouvante
Me montrais le chemin qui conduit à Sion,

A la ville d'Amour, la sainte citadelle
Qui jamais ne succombe aux assauts des impurs,
Jérusalem du Beau, Jérusalem nouvelle,
Grange aux portes de cèdre ouvertes aux blés mûrs.

Là le ruisseau bourbeux des pleurs jamais ne souille
Les carrefours pavés de tendre humilité
Et le cœur que la vie a mordu de sa rouille
Du fléau Souvenir n'est jamais visité.

— Laisse-moi contempler ton grave et pur visage.
Quoiqu'il se fût souvent penché sur les tombeaux
La douleur n'y laissa que le faible sillage
Que creuse un cygne noir dans le calme des eaux.

Ton âme est la vallée aux onduleuses lignes
Où rêvent la tendresse et la sérénité
Des soleils vaporeux, des ténébreuses vignes
Et des calmes jardins où bourdonne l'été.

De haine et de dégoût elle fut abreuvée
Aux rives de la nuit comme aux sources du jour.
La voici maintenant à jamais élevée
A la sphère où l'amour n'appelle que l'Amour.

—

LA MUSE

LA MUSE

Tandis que sur les yeux riants du paysage
Une lointaine ondée agite un voile d'or
Quel vol de souvenirs migrateurs prend l'essor
Dans la pâleur de fin d'été de ton visage
Où l'alcyon Espoir tantôt planait encor ?
Quelle est donc l'île heureuse où ton soupir les porte
Ces gris oiseaux d'adieux, messagers sans retour
Que suit de loin l'Oubli, silencieux vautour,
Et pourquoi donc m'es-tu comme une douceur morte
Et comme un ciel d'enfance et comme un dernier jour ?
De ton souci muet la cendreuse phalène
Pantelle sur le miel assoupi de ton cœur
Toi qui de la rosée as l'étrange pâleur ;
Et mon ennui penché sur ta forme lointaine
Respire tout l'automne en une seule fleur.
De tes lèvres d'écho, de tes yeux de mirage
Mon cœur à jamais las pénètre le secret :
La vieillesse a soufflé sur ton front ; le regret

Se déploie en silence au ciel de ton visage
Ainsi que l'arc-en-ciel flétri sur la forêt.
Hélas ! Je sais, je sens, sœur inquiète et tendre
Ce que voudrait en vain me taire ta bonté :
Dans le vent blanc qui fuit vêtu de ta clarté
L'effeuillaison sur nos chemins répand la cendre
De ce qui fut jeunesse, illusion, beauté.
Ce rayon dont l'encens s'élargit par la chambre
Plonge au fond de tes yeux son regard d'étranger
Et bien que dans ton cœur rien ne veuille changer
Septembre dans tes yeux a reconnu Septembre
Et le désir plane plus bas dans l'air léger
Et devant la pâleur de tes grâces nouvelles
Que l'amour abandonne aux bras de l'amitié
Sur la route de deuil parcourue à moitié
J'ai senti sous mes pas les pierres fraternelles
Frémir comme des cœurs étouffés de pitié.
Tu chantes comme en rêve : et l'écho des vallées
Se soulève à demi, soupire et se rendort ;
Et le vent reconnaît à tes mûrs cheveux d'or
Les lambeaux de soleil arrachés aux allées
Et tout ce qui t'aima veut mourir de ta mort.
Ame de ce qui tombe et de ce qui décline,
Sœur de ce qui sourit sous la douleur courbé
Un voile de soupirs sur ta face est tombé
Comme choit sur un front ébloui de colline
Le demi-jour soudain du nuage plombé.

Tes yeux lourds comme l'heure où sur les mers lointaines
Les éternels chercheurs se sentent las d'errer
Tes yeux tristes et purs ont l'air de soupirer :
« Le mirage d'Amour s'éteint dans nos fontaines ;
Le pouvoir qui nous reste est celui de pleurer.
O terre de douleur ! L'espoir nous abandonne ;
Ton ciel s'est obscurci ; l'azur se voile en nous ;
Et les jours ne sont plus qui nous furent si doux ;
Voici notre vieillesse et voici ton automne
Qui se parlent tout bas se touchant des genoux ! »
— Cesse de feindre, ô Muse, et permets que je pleure
Et pose dans tes mains ainsi qu'en un cercueil
Mon cœur que trop longtemps a torturé l'orgueil !
Comme le rythme au rythme et comme l'heure à l'heure
Dans mon affreux destin le deuil succède au deuil.
Mon sang est de la pluie en un creux de ténèbres ;
Pour les autels du noble et du pur et du beau
J'ai cultivé des fleurs sous un soleil nouveau ;
Et me voici semblable à ces jardins funèbres
Qui n'abreuvent leur soif qu'aux sèves du tombeau.
Toi que le temps trahit et que la mort menace
Pardonne à mon silence, accueille l'insensé,
Berce en tes pauvres mains mon cœur d'aigle blessé.
Dis-moi qu'Amour survit, dis-moi que si tout passe
Ton rêve au moins subsiste à mon rêve enlacé.
Et laisse-moi vieillir tout baigné de tendresse
Ainsi qu'un noble lis au soleil pâlissant,

Et laisse dans le feu farouche de mon sang
Doucement crépiter l'encens de ta caresse
Et parle à ma douleur comme on chante à l'enfant.
Et toi-même vieillis lentement dans mon songe
Et fais de mon grand cœur un lit pour ton repos
Et soupire tout bas à travers les sanglots :
« Hormis le tendre Amour tout est mort et mensonge »
O sœur de mes secrets, soleil de mes yeux clos !

—

Mai-Novembre 1910.

TABLE

Le Rocher. 5
La Nuit. 11
Le Vent. 19
Le Lac. 25
Le Soleil. 31
Le Silence. 37
La Mer. 43
La Lune. 49
La Terre. 55
Moments. 59
La Patrie. 69
Le Trahi. 75
Le Retour. 81
La Muse. 87

CHARTRES. — IMPRIMERIE DURAND, RUE FULBERT.

www.ingramcontent.com/pod-product-compliance
Ingram Content Group UK Ltd.
Pitfield, Milton Keynes, MK11 3LW, UK
UKHW021556260726
13993UKWH00002B/864

9 782329 259796